OEUVRES

CHOISIES

DE VADÉ

ET

DE SES IMITATEURS,

CONTENANT *différens sujets pour les Halles, Ports, Marchés, Rencontres de Poissardes, Couplets grivois, etc.*

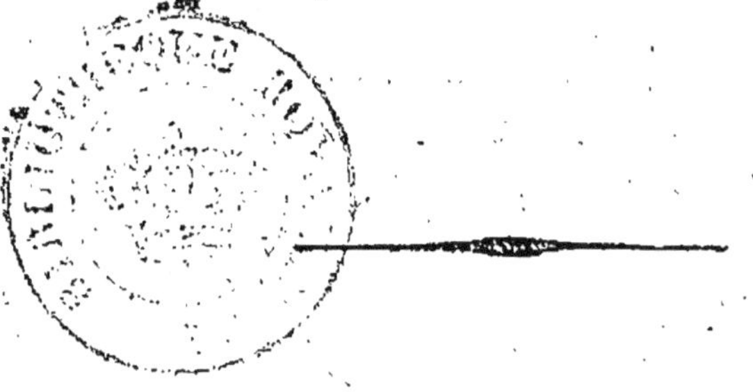

A PARIS,

Chez TIGER, Imprimeur-Libraire, Place Cambray, au Pilier Littéraire.

Et chez les Marchands de Nouveautés.

Nota. Il faut, pour l'agrément de ce genre de langage, avoir l'attention de parler d'un ton enroué, lorsque l'on contrefait la voix des acteurs: celle des actrices doit être imitee par une inflexion poissarde et trainant à la fin de chaque phrase.

LE DÉJEUNER
DE LA RAPEE.

LE dernier jour de carnaval
A trois heures je fus au bal,
En équipage de poissarde :
Là, contrefaisant la mignarde
Dans une loge à l'Opéra,
Un abbé de moi s'approcha.
Parbleu ! dit-il, dame Françoise,
Votre corset de siamoise,
Sur mon honneur. est fait au tour:
Ce petit chef-d'œuvre du jour
Renferme une gorge bien dure...

TON POISSARD.

Allez, l'abbé ! c'est imposture,
Lui dis-je en lui poussant la main,
Dont le jeu devenoit badin.
Comment donc ! me dit-il, la belle,
Vous voulez faire la cruelle !
Laissez-moi prendre ces tetons.
Allez, monsieur tâte-chiffons !
Je n'voulons de badinage
Qu'en magnière de mariage :
Croit-il que j'avons destiné
Not' honneur pour son chien de nez:

Non ; je l' gardons à la Tulipe,
Qui nous a confie sa pipe
Pour assurance de ses amours ;
Par quoi je l'aimons sans détours.
Pa ma foi, tu serois bien sotte !
Viens manger d'une matelotte,
Et boire d'un excellent vin
Avec un aimable blondin
Qui m'attend au moulin d'Javelle.
Allez donc, monsieu sans carvelle !
S'il n'a pas d'autre messagère
Sans nous il pourra la manger.
J'suivons la méthode de Biauce,
Où chaque poisson a sa sauce :
La mienne est à la croque-au-sel,
La vôtre à la maître d'hôtel :
Je n'voulons pas d'mélange,
Et not' goût jamais n'change.
Que ton propos tient du marché !
Pas vrai ? monsieu l'déhanché !
Je n'sommes pas de ces grisettes
Qu'avont quantité d'amourettes,
Ni de ces donzelles à bichons,
Qui soutenont des greluchons.
Voyez ce muguet trousse-cotte !
Qui voudroit nous manier LA RIME !
Oui, c'est pour lui qu'on cuit cheu moi !
Quien, l'abbé, v'là toujours pour toi...
N'me touche pas, c'est autant d'tache,
Ou j'te frise la moustache

Avec le cul de mon chaudron,
Chien d'perroquet de Montfaucon !
Il fuit avec sa courte-honte !
Il faut jusqu'au bout qu'on l'affronte.
Adieu, monsieu le calotin !
Reste de lèpre et de farcin !
Adieu donc, conteur de sornettes !
Casuites des Marionnettes !
Adieu, vilain singe à rabat !
Vraie figure de célibat !
Bonsoir, espalier de la Grêve !
Que Dieu m'écoute, et qu'il te crève !

A peine eus-je achevé ces mots, que nombre de masques me proposèrent le fin déjeuner de la Rapée et de passer par le cimetière Saint-Jean, pour nous faire dire des pouilles. J'acceptai : nous commençâmes par attaquer une des plus fortes gueules du marché St-Jean, en lui offrant le sixième du prix qu'elle demandoit pour du poisson et autres marchandises. Elle ne fut pas long-tems à réfléchir sur sa harangue. Je ripostai avec épigramme à chaque horreur de cette poissarde, qui soutint environ trois quarts d'heure ; après lequel tems je pris congé d'elle en ces termes :

TON POISSARD.

Adieu, Margot la profiteuse, infectée

gueuse à crapaud ! Garde ton poisson, il est pourri ; tu mets des influences d la lune sur les ouïes pour le faire paroître frais. La vente du poisson n'est pas le plus fort de ton gagnage : c'est l'trafic de la chaire humaine qui te soutient dans tes biaux atours. Commode à tout usage, va j'te reconnoissons ben, donneuse de nouvelles à la main : t'as plus tué d'hommes pendant l'hiver que toutes les gelées n'ont détruit d'insectes. Va te cacher dépouilleuse d'enfant dans les allées ! T'as eu là tapette et l'baudru ; j't'avons vu faire la procession dans la ville, derrière le confessional à deux roues à Charlot casse-bras, qui t'a marqué l'épaule au poinçon d'Paris.

Adieu figure d'oignon pelé, qu'on ne sauroit voir sans pleurer ; gueule d'empeigne garnie de clous de girofle enchâsés dans du pain d'épice.

Du derrière de ma boutique tu en ferois bien ton étalage, pas vrai maigneuse de jugeottes, patraque démantibulée, vieille citadelle démolie, mazure abandonnée, gouffre de chair, cloaque empesté, sac à graillon, moule à satan, barque à Caron ! Va, si j'faisions un chapelet de maquerelles, tu ferois bien le pater.

« Je passai à une autre, et lui dis des gaudrioles qu'elle prit assez bien : ce qui détermina une personne de la société, habilé en marquis, à quitter le corps de réserve pour me venir joindre. Il prit le ton badin avec cette fille dont la figure étoit capable de réveiller les plus assoupis, et lui dit que ses merlans étoient courts.

Ton poissard. Courts, monsieu ? lui dit-elle, vous n'y pensez pas. En v'la de plus petits, de plus moyens, et v'la les grands de la saison, que j'vous vendrons cent sous la demi-douzaine. Allons, bijou, étrennez-nous joyeusement ; ça nous port'ra un heur de Dieu.

« Tu te moques, dit le marquis, ils ne sont pas si longs que mon...

Ton poissard. Allez, menteu ! J'crois qu'vous n'cachez pas tous vos mollets dans vos bas : c'est comme la barque d'Anière, ça ne sart plus qu'à passer l'iau. J'suis sûre que si je l'prenions, j'aurions bientôt conclu not' marché avec vous ; car je ne nous tiendrions pas à grand' chose. Allez, monsieu, j'sommes une brave et honnête fille, Guieu marci ; mais on ne nous en fera pas accroire là-dessus... Ecoutez, gros

gausseux, j'allons vous donner six merlans..... et si...... v'là tout.

« Je le veux bien, dit le marquis ; mais je gage un louis contre les merlans qu'il y a bien à dire. »

Ton poissard. Va, dit la curieuse, qui ne risque rien n'a rien.

« Tiens, dit le marquis. »

Ton poissard. Ah ! mon cher mon- sieu ! eh ! vraiment oui : ce n'est rien que mes merlans au prix. Vous les avez gagnés, ils sont à vous ; j'vous les don- nons d'un grand cœur..... La, la, vous êtes bien pressé. J'aimons mieux vous donner encore six merlans, et pis j'vou- lons voir si vous n'nous farcinez pas les yeux.

« C'est trop juste, dit le marquis ; contente-toi, et garde tes merlans. »

Ha ! ha chien !... Hai, parle donc, ma commère ? hai, ma commère ? Hai, viens donc voir, viens donc voir !

« Nous quittâmes cette jolie pois- sonnière, pour aller joindre la compa- gnie et déjeuner à la Rapée. A peine fûmes-nous sortis de la voiture que j'entendis des mariniers chanter à tour de mâchoires. J'approchai d'eux pour les écouter sans être aperçu ; mais ils cessèrent leurs cantiques bachiques pour boire un coup de rogomme. »

. A ta santé, toi, dit l'un d'eux d'une voix enrouée. — Grand marci : à la quienne aussi.

« Cette cérémonie fit faire un silence qui m'ennuya. J'étois sur le point de m'en aller, lorsqu'un de ces rustres dit :

Ton enroué. Hai, Nicolas ! donne-moi un peu de tabac en fumière. — J'nen avons sarpédié pas une gringuenaude, dit Nicolas ; j'n'ai que du tabac en ra-pière, que j'avons eu d'deux perticu-liers que j'ons passé dans not'. bachot, avec une parsonnière. J'vas t'conter ça.

J'passi y a tras jours une demoiselle d'Opira, qui étoit avec deux particuliers. La v'là sous vot'respect, qui s'assit sur la levée de mon bachot entre ces deux cadets. Je la visis qui couloit sa main en douceur, la... pour à celle fin de tenir à queute chose en cas d'malheur. Je la reluquois. Alle voulut, à cause d' ça, nous ficher la gouaye : Prends garde, dit-elle, de nous couler à fond en t'a-musant à nous regarder. Maneselle, l'y fis-je, allez, vous n'avez rien à risquer ; ça n'y va jamais.

Alle voulut jaspiner avec moi ; m'de-mendit si j'aimerois mieux faire aute

chose que d'ramer. J'ly disis , sans bar-
guiner , que je ne souhaiterions qu'une
chose pour toute héritance. — Qu'est-
ce que c'est ? dit-elle. — Que mon bachot , ly fis-je , soit parcé de trente
trous , et que chaque trou me rapportît
autant que… vous m'entendez ? suffit…
Je serois , jarnigué , le plus content du
meunde !

« L'abreuvoir manqua ; on se leva ,
en disant , d'un ton enroué : Allons
charcher des cendres à la paroisse , sans
quoi j'naurions pas l'abs'lution à cofesse.

« Je retournai rejoindre ma compa-
gnie qui m'avoit accusé de désertion ;
je racontai ce que je venois d'entendre ;
et l'on me demanda , pendant le déjeuner , les suivantes :

Un marinier rencontrant un de ses
compatriotes sortant du salut de Saint-
Sulpice , lui dit : Hai, Jacot ! veux-tu
payer demi-sequier ? Non , dit Jacot ;
laisse-moi, j'suis d'une colère d'un
chien. — Qu'est-ce que t'as donc ? — Ce
que j'ai ? Est-ce que tu n'étois pas au
salut ? — Si fait. — Eh ben ! t'as pas
vu l'tour qu'on m'a fait ? — Non , ou
l'guiable m'estringole. Queu tour donc ?
— Comment ! ce monsieu Clairgnan-
bault , l'organis de Saint-Suplice , s'en

est venu m'accueillir, et m'dire comme
ça : Jacot, veux-tu venir jouer des
ogres avec moi ? Je l'veux ben, l'y fis-
je. J'montons avec ly, j'faisons la con-
venance ; j'pernons l'ton ; j'ly souffle
Pange lingua, l'chien joue l'*Te Deum*.

« La fille de la Ango, fruitière des
Halles, épouse d'un agent de change,
passant, un mois après son mariage,
dans son territoire natal, fit arrêter
son carrosse pour parler à ses anciennes
connoissances du quartier, qu'elle ap-
pela de sa portière, en son idiôme
ordinaire. »

D'UN TON POISSARD.

Hai, Marie-Louise ! hai, Marie-
Jeanne ! ma commère, mon copère ; hé !
v'nez donc me parler.

Eh ! qu'est-ce donc là qui vous appelle ? dit une voisine. Qu'es-tce ? dit
Marie-Louise ; elle ne la reconnoît pas !
Eh ! c'est la fille de Maneselle Ango,
la grosse friquière orangère... Quoi ?
c'est-y là elle ? dit la voisine. Et vante-
t'en-zen, dit Marie-Jeanne. Dame !
alle est comme une princesse. Hai, allons ly parler, qu'est-ce que j'risquons
donc ? Est-ce que tu viens avec nous,
toi, copère ?

A 6

D'UN TON ENROUÉ.

Vantez qu'j'irons, et des pus fiers
d'la bande encore.

TON POISSARD.

Qui, toi, Mannequin ? dit Marie-
Louise.

TON POISSARD.

Apparemment, madame Casaquin.

TON ENROUÉ.

Eh mais ! vraiment, monsieur Jérôme,
Tu te présentes comme un atôme ;
Ote-toi d'là tu m'effarouche.

TON ENROUÉ.

Allez, que Gargantua vous bouche.

TON POISSARD.

Nous lairras-tu ? chien d'épagneux !
Hai, Marie-Jeanne ! viens-y nous deux.
Bon jour, maneselle Manon. Eh !
comme vous v'là brave ! je n'vous reconnoissons pû ; où allez-vous donc comme
ça ? — Qui, moi ? J'm'en vas acheter des
livres pour mon heume qui fait une
biblothèque : y m'a dit d'prendre le
Montlheri nouveau, Bestiol et Cul-de-
Jatte, les Métaphores d'Olive de la
dernière oppression. Dis donc, vien-
dras-tu nous voir ? j'sommes ben logés

d'à : j'avons champignon sus rue : c'est une belle maison où l'y a des crampes de fer ; j'avons deux salles remplies de belles dépeintures avec des cadavres dorés ; des blanquettes de moquette en magnière de v'lours, et des rustres de cristal minérable. Du vestanbule on voit dans not' jardin des piralires et des estatues sur des pieds détestables ; j'avons des stafilades d'appartemens d'arrache-pied, avec des portes d'escommunication ; de belles tapisseries d'Autelute. J'te régalerons ben ; j'mingeons dans nos frécassés des treffles, des manilles, des moucherons ; à not' dessert, j'avons des raisins de Coriandre, des mâches-pains, des castilles en magnière de conserve ; j'buvons des vins de rigueur et d'la crême des Barbares.

Note heume est habilé, Dieu sait comme ! Qúien, mon enfant, il a des véstres de franchipane et de moëlle d'or, des bas de laine de Sigrovie à ses jambes. Dame ! il a le moyen de soutenir tout ça, par rapport que monsieu son père a zu le vent en croupe ; c'est ce qui fait qu'il a acheté de belles et bonnes rentes voyagères. Il a une terre qui a des droits de dos et ventre ; il est propriétaire d'une bonne farme dont son neveu en

est l'usurier-fruitier, par un bail am-
phibologique.

Il est d'une bonne famille ; il a un
cousin qui joue des ogres, un autre qui a
étudié, qui s'est fait passer maître-la-
zart, un autre qui assassine les plaideux
aux consuls, une cousine qui est tour-
tière dans un couvent, et une sœur qui
a épousé un cent de suisse de la garde
du château.

« Son compère Jérôme l'interrompit.

D'UNE VOIX ENROUÉ.

Sarpejeu, maneselle Manon, lui dit-
il, y gna qu'heure et malheur dans ce
monde-ci. Il faut que chacun s'pousse.
Savez-vous que depuis que j'nai eu la
valiscence de vous voir, j'nous sommes
produis l'investiture d'une charge de
corporal des ports à pied, à cause que
j'me suis toujours senti du goût pour ce
qui est en cas de fait des armes ? A propos d'ça, voulez-vous boire une goutte
de paf ?

TON POISSARD.

J'voulons ben, dit maneselle Ango
en appelant son laquais. Saint-Jean ! va
nous chercher d'misequier d'rogomme,
j'burons dans l'carrosse.

« Marie-Louise et sa camarade y mon-
tèrent, Jérôme fit le quatrième ; l'on y
but un pot d'eau-de-vie à la fumée de
sa pipe , et à la santé de mademoiselle
Ango, de rechef et en réitérant. »

« Notre déjeûner se passa gaîment.
En montant en carrosse pour nous en
retourner, j'aperçùs un fareau en che-
mise blanche, le toupet cardé, pipe en
bouche et la canne à la main : je lui dis
d'un ton de port :

Parle don, hai, chien ! les jours ou-
vrables sont-ils faits pour se promener !

Tais-toi, me dit-il, timbalier du roi
d'Maroc, si j'avons le derrière ouvert,
ce n'est pas à toi à fourrer ton nez dedans,
aide-de-camp du pont Saint-Michel ! tu
nous craches la crême de ton discours
dans le visage.

Attends, lui dis-je, membre de gueux,
j'allons te dire ta ginéalogie : Ton fils est
page public, il porte un nœud d'épaule
de bois sur quoi il décrotte les souliers
de ses pratiques ; une partie de ta famille
a fait dépaver la Grève.

Ton père a été étouffé dans la fillasse ; il
est mort en l'air avec un bonnet de nuit
de cheval au cou, en faisant une grimace
devant le Pont-Rouge.

Ton frère a été exposé sur le guéridon
à jeur.

Ton cousin noyé dans un cent de fagots.

Ils ont fait gagner le père nourricier des perroquets de la Villette.

Ça ne t'épouvante pas ; tu serois ben quinze jours au carcan sans rougir ; pas vrai ? reste de volaile de Montfaucon ! saint Cartouche est ton patron, marionnette du pilori, syndic des maquereaux, balustre de la Grève, ornement d'échafaud ! Va, si je faisois un fagot de j..... tu ferois le plus fort parement.

FIN DU DÉJEUNER DE LA RAPÉE.

CATÉCHISME
DES HALLES.

Margot. Parles donc , hai, beau morceau, si tu nous accostes pour nous dire des sottises en magnière d'injures, ça s'gât'ra , Coco.

Coco. Pernez donc garde ! Faut-y pas prendre des mitaines viláine pampine, figure à chien, cul pourri, tête de singe, matelas d'invalides ; tu voudrois m'faire aller , mais ta colle ne prend pas.

Margot. Si all' n'prend pas , on t'prendra , toi, chevalier d'la grippe ; marlou, Mandrin étoit ton patron , et

Poulailler ton ami ; tu sors des Capucins , morceau d'chien ; à présent t'ira
z'au tabouret , marchand de chifflets...
Mais quoiqúe j'vois ? Tu te fâches ; ah !
c'est dommage ; tu f'rois mieux d'payer
un coup de câsise : j'ai ben soif.

Coco. Payer... Quoi... Va ; je t'paierai
du f..... J'ai de la braize , mais pas pour
toi , enseigne de la Valléc ; meuble de
la ménagerie ; t'as t'une main qui feroit
fortune , si gny avoit pas la galle après.

Margot. Ah hai ! r'gardez-l' donc
c'fariau , comm'il est biau l'monsieu
coupe-jarret ; échappé d' Bicêtre ; morciau d' viande mal accroché ; cadavre
pestiféré ; cœur de citrouille fricassé
dans la neige ; recureux puits où l'on
met la fricassée ; t'as la gueule morte ,
avec ta mine de plures d'ognon ; ton
nez r'sembl' au cul de jument.

Coco. A qui r'sembl'-tu , toi , char-
rogne échappée d'la bouch'rie d'l'éca-
riseu ; yeux chassieux ; pucélle de la
rue Maubée ; magnieuse de tuyaux
d'pipes ; voierie ambulante ; pourriture
pestiférée ; donneuse de nouvelles à la
main ; paillasse de corps – de –garde ;
vilaine empoisonneuse d'hommes ! chif-
fon ramassé dans les latrines , c'est ton
caribara qui fait le plus beau de ton
gagnage !

Margot. Queuqu'tu dis ? vieux manche de gigot ? bouquet sans queue ; visage sans viande ; bijou manqué ; restant de galère ; vieux cocodrille ; ta mère étoit une voleuse et ton père un cro , diable de perroquet à foin ; visage de plâtre ; enseigne de cimetière ; figure de mannequin ; espalier de la Courtille ; sac à vin ; marionnette de la Grève ; grand flandrin déhanché ; va t'faire récurer aux Capucins.

Coco. Va , vilain coulis d'emplâtre , visage à faire des culs ; vieille volaille ; gueuse à crapaud ; coffre à graillon ; chaudière à cervelas ; cadavre à moitié démoli ; poivrière de Saint-Côme ; cul crotté ; guénipe ; dépandeuse d'andouilles , tu t'souviens d'avoir vu à la Grève sous l'manton d'ta mère un grand désespoir d'filasse. Hu..... don hu..... carogne , source de vipère...

Margot fut obligée de s'éloigner , ne pouvant plus résister.

FANCHON rencontrant un suprême bon ton.

R'gardons don , Jérôme ! ce Nicoméde descendu de la lune , comm'y nous fisque avec son gros morciau de varre sur l'euil : n'le prendroit-on pas pour zun événement ? Parlez don , monsieu l'dézanché, c'est y pour nous ficher la goaille qu'vous nous r'gardez comm'ça? Vilain morciau d'contrebande! Il a ma foi bon air t'avec ses mollets ni pus ni moins qu'des échalats plantés dans dès bottes pour qu'on ne voit pas ses jambes tortuses, et pis ses culottes qui l'y montont z'au menton! N'diroit-on pas un magot dans un sac?

Jérôme.

N'vois-tu pas qu'monsieu z'arriva de Toulon? il a laissé la moitié d'son habit au baigne : il a t'encore la tête tondue.

Fanchon.

Aveuq son grand chapiau d'chinois, n'a-t'y pas l'air de monsieu Bazyre, le frère foiteux d'la Charité?

Le suffisant gravement.

En véité on voit bien que vous êtes de la canaille.

Fanchon.

Pa'le don, hai..., avec ta canaille, vilain moule à singe, chiene de figure de la nôce des pendus, voyez don c' grand esgogriphe, aveuq ses quatre z'yeux et son corps planté sur des échasses, n'aty pas l'air d'l'huissier du diable? Pale donc, général Jacot, vilain gibier d'potence, mon p'tit jeune homme au vieux visage. Y veut faire son queu-q'zun, avec sa mine de porichinelle, son corps z'est comme une flûte trapar-cière, son nez d'perroquet, sa bouche comme les pampines d'eun' vache qu'a la foire ; j'sommes d'la canaille, cousin d'mon chien ; viande à faire de la pâté, vieux bouquin ; huitr' pourite, Quiens, regardai don c'visage de chauve-souris qui cherche z'à nous controler.

Jérôme. Tir'tai d'là, mille guieux, que j'l'y casissions l'croquant du nez qu'est comme la canelle de Gargantua.

Fanchon. Laiss' don c'te tête d'ca-niche, c'pillier de boul'verd, avec ses vitraux pour n'être pas reconnu, l' res-tant d'la bande à Cartouche : quien, quien sa figure qui s'change comme z'une femme t'en couche.....

Jérôme. Allons, fini, goayeuse : on rit z'un peu, mais trop c'est trop aussi. Embrasse monsieu, il a l'air d'un bon fiston.

Le suffisant. Vous êtes des bonnes zens !

Fanchon. Allons, v'nez z'amoureux des vingt mille vierges.

« Le suffisant se rendit, promettant de ne plus lorgner les femmes des halles. »

ETRENNES

A

MESSIEURS LES RIBOTEURS.

Messieurs,

J'profitons du biau et nouviau tems pour avouir l'honneur de vous flanquier par la philosomie un plat de n'ot mequier, qui n'est pas chien, et dont j'nous flattons que vot' carvelle, qui est subtile comme une botte d'allumettes, sera satisfaite : ce sont les spiritueux rebus de mamselle Margot la mal-peignée, reine de la halle, qui demeure au rez-de-chaussée d'un septième étage, à une maison qui n'a ni devant ni derrière. Alle fait une fille accomplie ; tous les hommes en sont amoureux comme les chiens d'coups d'bâton : c'est une grande-petite personne de la hauteur d'une seringle d'un apothicuflaire, blanche comme la bouteille à l'encre, la tête faite en pain d'suc, les cheveux fins et doux comme un viel balai d'jonc , le front carré comme une cuillière à pot, les yeux à fleurs de tête et grands comme des noyaux de cerise dans une bouteille à eau-de-vie, l'nez comme l'éperon d'une botte, les joues vermeilles comme une betterave , les lèvres rouges et petites comme les bords d'un vieux pot-de-chambre égueulé, les dents petites comme des touches d'épinette ; l'haleine douce comme celle d'un bouc, le menton comme une corne à bouquin , la peau tendre comme une décrotoire , d'la gorge comme une lentille dans un plat, la taille menue comme un tambour, les jambes en serpents, les pieds en truelles de maçons , des graces comme une tortue , la voix harmonieuse comme un corbeau , le caractère gracieux comme la porte d'une prison ; en un mot, de l'esprit comme tous les dindons de l'univers.

Voyez, messieurs, si avec de tels dons, vous n'devez pas espérer d'être contens de l'éloquence de mam'selle Margot la mal-pignée, dont l'ambition est de captiver vos cœurs , comme j'suis jaloux de vous divertir un moment.

J'ai l'honneur d'être, messieurs, mon très-humble serviteur.

D. S. S.

SPIRITUEUX REBUS

De Mlle. Margot la mal-peignée, reine de la Halle et marchande d'oranges.

Le Farau. Bon jour mamselle Margot.

Margot. Bon jour monsieu l'Farau.

Le Farau. Combien vos oranges ?

Margot. Faut-il vous l'dire au juste ? Six sous pour vous.

Le Farau. Oh ! c'est trop.

Margot. Et vous ?

Le Farau. C'est trop, vous dis-je.

Margot. Vous n'les aurez pas pour ce que vous nous en dites.

Le Farau. Six yards.

Margot. Parle donc, Maré – Jeanne ! as-tu des oranges à six yards à bailler à monsieu ? Où demeurez-vous, monsieu ? J'vais vous les envoyer par le cousin d'mon chien.

Le Farau. Tais-toi heugueule.

Margot. Ecoute, Jérôme ! r'garde don ce monsieu manqué, qui m'appelle beugueule.

Jérôme. Qui ? c'chien-là ? faut l'y tourner la tête sans devant darrière.

Margot. N'ty joue pas, car il a un p'tit morceau d'fer au cul.

Le Farau. Vante-t'en, que j'en ons un,
même pour faire la barbe à Jérôme.

Jérôme. Qui ? toi, carcasse embeurrée ?
J'te cloûrai l'ame entre deux pavés.

Le Farau. Nous serions deux.

Jérôme. Quien, crois-moi, retire-toi ;
car j'te donnerons un rayon sus l'œil,
qu'tu n'en verras goute d'six s'maines.

Le Farau. Si nous étions bien épeuré,
tu nous f'rais quasiment peur, enfant
de chœur de Marseille !

Jérôme. Veux-tu te r'tirer ? moule de
gueux ! car j'sommes d'ces chiens
d'sus port ; si j'n'nous r'lichons avec
l'un, j'nous r'lichons avec l'autre.

Le Farau. Nous serions deux, t' dis-je ;
n't'échauffe pas, car les pleurésies
sont dangereuses st'année.

Jérôme. Veux-tu voir ?

Le Farau. Quoi voir ? qu't'aboiras beau-
coup et qu'tu n'mordras pas.

Jérôme. Attends, chien ! attends que
j'ayons mis notre habit bas, tu vas
voir beau jeu !

Le Farau. Finissez, vous dis-je ; vous
n'êtes pas michant.

Jérôme. Je crois que ce gratte-pavé-là
a envie de se faire rire.

Le Farau. Pourquoi pas, puisque j'avons
l'tems ?

Jérôme.

Jérôme. Laisse m'y passer, Maré-Jeanne, que j'palque conte el mur ce grin diot, ce grin coupe-jarret-là.

Margot. Et y allez-vous-en aussi, quand on vous l'diset.

Le Farau. Eh! v'là ma commère la possédée ressuscitée ! Et comment te portes-tu d'pis que tu ne l'as vu ?

Margot. Reind don compte à Malbrou, cet échappé de pilori, ce morciau d'viande mal accroché.

Le Farau. Bon pour toi, pilier d'hôpital, confidente à soldats aux gardes, beauté manquée dix fois vilaine, tapisserie de la Grêve, morceau d'chien dégoutant ramassé dans un tas de boue, reste de mon soupé d'hier au soir !

Margot. Regarde-don, Maré-Jeanne ! v'la ti pas un homme ben chié, pour nousaplé morceau d'viande dégoûtant? Va, s'il étoit là, y t'f'rait rintrer les paroles dans l'ventre, idole de bois flotté ! Queu peste de chevalier de parade !

Le Farau. Qui, ton gueurluchon ?

Margot. Bon pour toi, pilier de Montfaucon, avec ta mine à Calot, capable de faire rendre le dijeûner à note chat; vatin, t'dis-je, avec ton

B

cadavre pestiféré ! Quin ! que nous veut ce grand landale-là ? Veux-tu t'en aller, vilain magot d'la Chine ! veux-tu courir ! te dis-je.

Le Farau. Mameselle la guenon, en as - tu assez dégoisé, avec ton nez propre à crocheter min cul ?

Margot. Scis-tu qu'c'est qu'ine guenon? enfant de dix-sept pères; diseu de bonne aventure, espion d'orphelins de murailles !

Le Farau. Y a long-tems que je l'savons pour la première fois, car c'est toi qui as fait la fortune à Simonne*, tu dois ben t'en souvenir, puisque tout le monde disoit que tu avois le visage fait comme un sabot, et les yeux à fleur de tête comme un gros sou dans la poche d'un aveugle. Ai-je menti? vilaine !

Margot. Faudroit être sorti de ta bohémienne de famille pour être un monstre de nature comme toi, l'houreur du genre humain.

Le Farau. Tais-toi donc, poison de la Halle, crême de laideur, honnête fille manquée, grouin de cochon ! Va, va,

____

* Simone étoit une charlatane, qui a long-tems rôdé dans Paris, et qui avoit toujours une gnenon avec elle.

ne fais pas tant la fiarre ; car si t'as
un tabier su l'cul , c'est ton soldat
remplaçant qui t'l'a donné.

Margot. Eh ! quoi t'embarrasses-tu,
hai ? n'y a qu'ça et les pommes cuites
qui nous font vivre.

Le Farau. Quien , r'garde donc cette
belle et bonne chienne ! la v'la rouge
comme un rubis , belle comme un
oignon ; on n'sauroit la r'garder sans
pleurer : alle est propre comme une
pelle à boueux , grave comme un pot
de chambre égueulé.

Margot. Eh ben ! est-ce là tout? double
de magot dessallé dans l'déboir d'une
gueuse , cœur de citrouille fricassé
dans la neige , récureux de puits où
l'on chie ! T'as la gueule morte , avec
ta mine de papier mâché , ton peste
de nez épaté , qui ressemble au cul
à la jument de Maître-Jean.

Le Farau. Pourquoi veux-tu q'j'ayons la
gueule morte , va , va , j'avons mangé
d'lail , j'l'avons forte ; et je dirons en
deux paroles et une berdouille , que
t'es une charogne échapée de la bou-
cherie à Giroux *

Margot. Va-t-en donc à la Grève , où
ton père a été pendu , où tu s'ras rom-

* Giroux est l'écorcheur des chevaux de Paris.

pu, vilain ! avec tez yeux chasieux.

Le Farau. Si j'y sommes rompu, t'y prendras les bains dans un cent d'fagots avec toute ta clique et ton Jérôme.

Margot. Jérôme, entends - tu c'visage antique, qui deist que nous s'rons brûlés ?

Jérôme. Tu n'saurais l'y répondre que c'est jeudi son tour, que ses billets d'entirment sont sous la presse ?

Le Farau. Tu badines, te dis-je, car c'est demain que Charlot fera un haricot de ton corps, comme étant sorti des culottes à Cartouche.

Jérôme. Attends-m'y là, j'sommes à toi dans l'quart d'heure.

Le Farau. Arrêtez donc cette henneton, Qui a d'la paille au cul !

Jérôme. N'bouge donc pas, chien ! reste donc là.

« Jérôme va chercher un bâton et s'en revient ; le Farau, en le voyant venir, met la flamberge au vent. Margot et Maré-Jeanne saisissent le Farau par-derrière ; Jérôme profite de cela, saboule mon Farau, lui casse son épée, La garde vient, on met les manchettes à Jérôme et au Farau ; Margot et Maré-Jeanne vont aussi chez le commissaire. Jérôme et le Farau vont au Châtelet ; Margot et

Maré-Jeanne sont renvoyées, mais me-
nacées de l'Hopital. »

« Chemin faisant. Maré-Jeanne ren-
contre la Jacquelaine qui lui demande
trois yards qu'elle lui doit. »

La Jacquelaine. Et mes trois yards,
quand me les bailleras-tu !

Maré-Jeanne. Quand les poules marche-
ront avec des béquilles. (Elle lui
montre des cornes.)

La Jacqnelaine Et ben , puisque c'est
comme ça. je n'te quitt'rons pas que je
les ayons , ou j'tarracherai ton bonnet.

Maré-Jeanne. Quien, v'là toujours pour
toi. (ce sont encore des cornes qu'elle
lui montre.).

La Jacquelaine. J'veux que le diable
emporte l'ame d'mon chien, si tu ne
m'les donne tout à l'heure.

Maré-Jeanne. Tu n'les auras pas, car
t'es une affronteuse.

La Jacquelaine. Et toi, qué que t'es!
une laronneuse, une pucelle de la
rue Maubuée , une coureuse de gar-
çons !

Maré-Jeanne. Dis donc, toi, vilaine
empoisonneuse d'hommes, car n'en as-
tu pas attrapé plusieurs, et tous enfans
du quartier?

La Jacquelaine. Va, ya, j'avons tou-

jours eu plus d'honneur que toi ; j'na-
vons pas paru à la police trois fois
comme toi.

Maré-Jeanne. Si j'y avons paru, c'n'est
pas pour nos mal-faits.

La Jacquelaine. Tu nous en coules, ma
mignone ; va, j'te connoissons d'pis
Long-tems.

Maré-Jeanne. Quand tu nous connitrois,
je n'sommes pas une effrontée comme
toi, un reste de pâte à tout l'monde ;
j'nallons pas de porte en porte, pleurer
et dire j'nons pas d'pain.

La Jacquelaine. M'y as-tu vue, man-
geuse de tout bien, pilier d'cabaret,
quien, tais-toi, car t'es encore saoule.

Maré-Jeanne. Faudroit'y pas être une
gueule à tout grain comme toi.

La Jacquelaine. Apprend qu'y n'y a
qu'un chien qu'a une gueule, et que
j'avons reçu l'batême.

Maré-Jeanne. T'en est pas meilleure
pour ça.

La Jacquelaine. J'valons ben note dernière marraine.

Maré-Jeanne. Qui ? toi ! ça n's'ra jamais ton tour. Qu'est ce qui voudroit
d'toi ? car tu n'vaux pas un chien mort.

La Jacquelaine. Et toi, la corde pour
te pendre. La pourriture ! la pourriture !

Maré-Jeanne. Ne crie point la pourriture ; j'nons pas encore vendu mi
hardes comme t'as fait pour nous
faire blanchir.

La Jacquelaine. J'aimons mieux être
toute nue que d'avoir empoisonné tout
Paris comme t'as tait. Quien, crois-
moi, rind m'y mes trois yards , car
j'allons nous tourcher.

Maré-Jeanne. J'sommes pour toi.

La Jacquelaine. Dépêche-toi , te dis-je,
de m'les rindre.

Maré-Jeanne. Les dépêchés sont pendus.

La Jacquelaine. Tu n'veux donc pas ?
Foi de Jacquelaine, j'vas t'prindre ton
bonnet.

« Jacquelaine se met en devoir d'ôter
le bonnet à Maré-Jeanne, qui lui baille
une giroflée à cinq feuilles ; elles se bat-
tent en relais ; les bonnets sont saucés
dans le ruisseau. Maré-Jeanne est cepen-
dant la plus forte ; elle dit à la Jacquelaine qui a les yeux pochés au beurre
noir :

En as-tu assez pour tes trois yards ?

La Jacquelaine répond : J'sommes con-
tente, j'les aurons toujours ben.

Maré-Jeanne : Ouin ! quand j't'aurons
encore donné le bal.

La Jacquelaine. Tu n'oserois venir avec
moi ?

Maré-Jeanne. Pourquoi pas ? j'vons partout la tête levée ; toujours laisant bien, rien n'craignons.

« Les voilà parties chez Caplain, où elles demandent demi-septier de sacré chien; et la fin de ma comédie leur entre dans le ventre. »

FIN DES ÉTRENNES AUX RIBOTEURS.

DIALOGUE *entre Mlle. Manon et M. Thomas ; chanson poissarde.*

MANON.

Tredame, monsieu Thomas ,
Vous nous r'luquez du haut en bas !
Toutes ces façons n'nous conv'nont pas,
Quoiqu'on ne soit qu'ravaudeuse de bas,
J'ons du foin dans nos souliers;
    J'ons refusé
D'épouser deux savetiers !
Trois porteurs d'eau , quatre écayers ;
Ça fait pourtant des gens de métiers.

THOMAS.

Tredame, man'selle Manon ,
Si j'vous r'luquons, c'est tout de bon ,
Ce n'est qu'à bonne intention ;
Car aussi j'vous épouserons. -

J'sommes marchand de loterie ;
    J'ons du débit :
Quand je serons votre mari,
Je distribuerons dans Paris
Le gros lot à grands et petits.

MANON.

Dam', c'est qu'jons un grand frèr' :
Il est soldat, il est bien fier ;
Il pourroit ben nous empêcher,
En se fâchant, de nous marier :
Il est guernadier jarnigoi,
    Il est ma foi
Plus haut que vous de trois bons doigts;
Par là sandier ! c'est un grivois
Qui sait se moucher avec ses doigts.

THOMAS.

Eh bien, s'il est comme ça,
Pensez-vous que je n'avons pas,
Quand je sommes dans le cas,
Com' lui des pouces au bout des bras ?
J'ons été soldat du guet,
    J'ons fris l'balet ;
J'ons servi, s'il vous plait,
Pendant trois ans de maître valet
Chez un exempt du Châtelet.

MANON.

Eh bien, mon petit cœur,
Vous serez donc mon sarviteur ;

Vous méritez bien ce bonheur,
Puisqu' vous ête un garçon d'honneur.
J'ons des parens dans note maison,
    Ma tante chiffon,
Ma grand'tante Troussignon ;
Je vais les trouver tout de bon,
Pour en avoir la parmission.

THOMAS.

Eh ! palsangué ! messieux,
Si vous êtes fort amoureux,
Mariez-vous, c'est pour le mieux,
Car ça fait un plaisir joyeux.
Pour moi, je me sens fort en train
    De man'selle Catin,
Dedans la rue Saint-Martin,
Tout vis-à-vis certain pètit coin,
Et j'en fais la demande drez demain.

FIN DU DIALOGUE.

CHANSON.

Sur l'Air : *Dedans Paris qu'elle pitié !*

L'Amour est un chien de vaurien
Qui fait plus de mal que de bien ;
    Habitans des galères,
    N'vous plaignez pas d'ramer ;
    Vote mal c'est du suque,
    Près de sti-là d'aimer.

Ce fut par un jour de printems
Que je me déclaris amans,
   Amant d'une brunette
   Bell' comme un Curpidon,
   Portant fine cornette,
   Posée en parpillon.

Alle a tous les deux yeux brillans
Comme des pierres de diamans ;
   Et la rouge incarlatte
   Que l'on voit zaux Gobelins,
   N'est que d'la couleur jaune
   Aux prix de son blanc teint.

Alle a de l'esprit fièrement,
Tout comme un garçon de trente ans ;
   Ca vous magne de l'ouvrage !
   Dam ! faut voit comm' ça s'tient !
   L'diabl' m'emporte eun' Déesse
   N'blanchiroit pas si bien !

Je sais ben qu'y n'tiendroit qu'à moi
De l'épouser si all' vouloit :
   Son sarviteur très-bumble
   Attend sa volonté ;
   Si ça se fait ben vîte,
   Fort content je serai.

LE SORT DE MARDI-GRAS.

Air de Gabrielle de Vergy.

Cœurs vertueux, âmes sensibles,
Vous qui ne songez qu'aux bienfaits;
Vous croyez des maux impossibles,
Vous doutez de quelques forfaits...
Oui, vous détestez l'homicide,
Vous le voyez avec horreur.....
Que direz-vous? un parricide,
De Mardi-Gras perce le cœur !

Ce père, aux sentimens bien tendres,
Méritoit, hélas ! un autre sort :
Son fils, le Mercredi-des-Cendres,
A table lui donna la mort.
Il bouleverse ses lèchefrites,
Sa broche, impitoyablement !
Vous n'aurez que des pommes cuites
Le saint Carême entièrement.

FIN.